I0562371

MES

DOUX LOISIRS

PAR

JEANNE HENRY

———

Ce volume est vendu au profit d'une œuvre
charitable

———

ARRAS

Imprimerie SUEUR-CHARRUEY

31, Petite-Place, 31

—

1881

MES

DOUX LOISIRS

MES

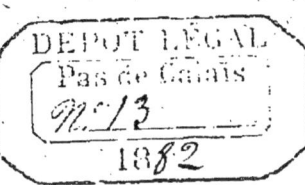

DOUX LOISIRS

PAR

JEANNE HENRY

ARRAS
Imprimerie SUEUR-CHARRUEY
31, Petite-Place, 31

1881

A MON PÈRE, A MA MÈRE

Mes doux loisirs, ces chants,
Mes sourires, mes pleurs où s'épanche mon âme,
Je les dédie à ceux pour qui mon cœur s'enflamme,
Aux fidèles gardiens de mes jeunes printemps.
A vous mes chers parents !

UN MATIN

MES

DOUX LOISIRS

UN MATIN (1)

(SOUVENIR)

I

Le ciel était serein sous son voile d'azur,

Rempli de doux parfums l'air était frais et pur.

Sous les tièdes baisers de la brise légère

Gaîment tout s'éveillait, tout se mouvait sur terre,

Les arbres s'agitaient, le gazon frisonnait,

Les feuilles chuchotaient, le ruisseau se ridait.

Pour hâter le réveil de la grande nature,

(1) Au concours d'Evreux, l'Académie Ebroicienne a
décerné pour cette poésie une mention honorable.

Pour faire étinceler sa robe de verdure,

Le soleil prodiguait ses rayons lumineux.

Déjà sous les buissons les oiseaux matineux

Quittaient leurs petits nids, voletaient avec grâce,

Fiers de leur liberté dans les bois, dans l'espace,

Puis joyeux gazouillaient égayant l'infini

Par leurs chants pleins d'amour dans un concert béni

Ici..... là..... près de moi, les jeunes hirondelles,

Les jolis papillons, les vertes demoiselles,

Voltigeaient follement, le grillon bavardait.

Travailleuse en volant l'abeille bourdonnait.

Dans les près verdoyants mille fraîches fleurettes,

Bluets coquets, pavots, liserons, pâquerettes,

Sur le tapis de mousse éclosaient vitement.

Enfin, dans le lointain, le moulin doucement

Redisait son tic-tac mélodieux, sonore.

Quel beau matin c'était ! je m'en souviens encore !

Tout respirait la joie et chantait le bonheur

Tout fêtait le printemps, tout souriait en chœur !

II.

Tout-à-coup... tout-à-coup, ô surprise ! ô mystère !

Que s'était-il passé dans les cieux, sur la terre ?

Hélas ! je n'en sais rien, mais tout avait changé,

De fureur le ciel bleu soudain s'était chargé.

Le soleil avait fui sous un sombre nuage,

Un souffle glacial gémissait avec rage,

Sous ses coups redoublés le gazon se tordait,

Les grands arbres craquaient, le ruisseau mugissait.

Le tonnerre grondait..... c'était une tempête

Qui venait du matin troubler la douce fête !

Par son aspect chassant bonheur, souris, gaîté,

Beau reveil du printemps, paysage enchanté.

Plus de joyeux ébats, de course vagabonde,

Plus de tendres babils dans les bois, près de l'onde,

Effrayés et muets tous les petits oiseaux

Se nichaient tristement dans leurs mignons berceaux

Plus de vol gracieux, plus de frôlements d'ailes,

Les papillons dorés, les vives hirondelles

Se cachaient à mes yeux, le grillon se taisait.

Dans sa ruche l'abeille avec effroi rentrait.
Dans les prés assombris les fleurs jadis coquettes
Fermaient timidement léurs pâles collerettes.
Enfin, là-bas..... là-bas au lointain, le moulin
Tournait, tournait encor sans relâche, sans fin,
Son tic-tac n'était plus mélodieux, paisible,
Il résonnait dans l'air comme une voix terrible,
Semant autour de lui le deuil et la terreur.....
— Regagnant un abri, sortant de ma torpeur,
Moi, je disais tout bas, regardant la nature
Qui paraissait pleurer sous sa morne parure.

. . . .

« Notre destin, souvent hélas ! ressemble au temps !
« Toujours capricieux, il change à tous moments.
« Que de fois le matin l'on sourit à la vie !
« On se dit très heureux, on a l'âme ravie...
« A peine est-il midi que déjà le malheur
« Est venu visiter, torturer notre cœur ? »

LE CŒUR ET LA FLEUR

LE CŒUR ET LA FLEUR

La couleur
De la fleur,
Vite, vite se passe.
Le bonheur
Dans le cœur,
Tout comme elle s'efface !!

ÉCOUTE .

ECOUTE (1)

Ecoute, enfant, sur le buisson
La fauvette sautille et chante,
Et l'écho redit sa chanson
Qui ravit ton âme innocente.

Ecoute, près du clair ruisseau
L'eau qui serpente et qui gazouille,
Venant caresser le roseau,
Et semant sa verte dépouille.

(1) Quelques strophes de cette poésie ont été mises en musique par M. le Vicomte Auguste de Bridiers. Les romances ont été vendues au profit des Alsaciens et Lorrains qui avaient opté pour la France, et qui étaient pauvres ! Le résultat a été remis aux Comités de secours qui s'occupaient de cette œuvre charitable et patriotique.

Ecoute le son argentin
De la cloche qui nous invite
A prier Dieu soir et matin.
Riches et pauvres priez vite.

Ecoute, le souffle du vent
Doux, mystérieux, dans la plaine.
Ecoute encor l'adieu touchant
Des feuilles mortes qu'il entraîne.

Ecoute, au milieu de nos champs,
Le bourdonnement des abeilles
Qui nous annoncent le printemps,
Et le retour des hirondelles.

Ecoute le fracas des flots
De la mer mourant sur la plage.
Prions Dieu pour les matelots,
Nous à l'abri sur ce rivage !

Écoute des cœurs malheureux
La triste et craintive demande,
A leurs accents si douloureux,
Réponds en donnant ton offrande.

LE CERISIER DE MA VOISINE

LE CERISIER DE MA VOISINE

———

Dans la saison des fruits, ô mon Dieu! qu'il est beau
Le petit cerisier de ma chère voisine,
Lorsque souffle le vent, que sa tête s'incline,
Je voudrais..... je voudrais..... lui tendre mon chapeau
Car, de l'arbre, souvent une rouge cerise
Tombe sur le tapis de mousse et de gazon,
Excitant chaque fois en moi la gourmandise.
Alors..... alors j'envie, et pour bonne raison,
Du gentil papillon les délicates ailes
Le conduisant partout en esclaves fidèles.
Que n'ai-je le doux sort des beaux petits oiseaux
Qui quittent lestement chansons, ébats, berceaux,
Pour venir becqueter les cerises que j'aime,
Et dont je voudrais bien me faire un diadème.

II.

Soudain ! un coup de feu... puis un cri de vainqueur
Partent en même temps de là-bas... du parterre,
Je regarde..... je vois étendu sur la terre,
Un des petits oiseaux mangeant de si bon cœur !
Il est mort maintenant !... Mais ciel !... que vois-je encore
— Le joli papillon à l'aile qui se dore,
Et dont je désirais le mensonger destin,
Etouffe et meurt aussi sous la main d'un bambin
Qui rit de ses efforts, de sa longue souffrance...
Après tant d'incidents, je réfléchis, je pense
Que bien souvent, d'autrui nous désirons le sort !
Hélas ! sans le savoir nous cherchons notre mort.

III.

Au petit cérisier ces quelques mots j'adresse :
« Que tes fruits soient très bons, que le zéphir caresse
« Ton feuillage léger, et ta tête, et ton front,
« Qu'en cerises, toujours, arbre tu sois fécond. »
Mon cœur sera content, car pour moi plus d'envie,
Et plus de gourmandise. Oiseaux et papillons
Volez, volez partout dans les prés, les vallons.
D'ailes je ne veux plus, je préfère ma vie !
Mon destin maintenant me convient et me plaît,
Je chante, je souris, je ne suis plus chagrine ;
Beau petit cérisier de ma chère voisine.
Car, je me dis tout bas : « *Dieu fait bien ce qu'il fait.* »

IL GÈLE !

IL GÈLE !

———

Il gèle !..... c'est l'hiver !... en face de mon feu,
Dans un vaste fauteuil commodément assise,
Me moquant de la neige et de la froide bise,
Je songe au gai printemps, aux beaux jours, au ciel bleu

Pour mes parents toujours chéris, j'implore Dieu,
Je rêve..... mon cœur bat..... mon esprit à sa guise
Bâtit mille châteaux plus légers que la brise,
Forme de doux projets, fait plus d'un tendre vœu.

Regardant mon bien-être, hélas ! soudain je pense
A tant de pauvres gens plongés dans l'indigence,
Et qui, près d'un foyer ne se chauffent jamais !!

Ah ! bien vite ouvre-toi, bourse qui m'est si chère,

Car, tous ces malheureux qui grelottent sur terre,

Je veux les secourir chaque jour désormais !

LES VOIX DE LA NATURE

LES VOIX DE LA NATURE

—

I

Seule, de grand matin, par un beau jour d'été,
Fuyant le bruit, cherchant paix et tranquillité,
A l'ombre des ormeaux sur le bord d'une route,
Je viens me reposer, puis je rêve.... j'écoute.

Du ruisseau qui là-bas coule furtivement
En baignant de ses pleurs et la mousse et le lierre,
Et le gazon des prés et des rochers la pierre
J'écoute les soupirs, le doux gazouillement.
Des oiseaux voltigeant de la branche fleurie
Aux nids du vert buisson garnissant la prairie,
J'écoute le babil plein de bonheur, d'amour,
Qu'ils murmurent gaîment, en saluant le jour.

J'écoute le bruit sec de l'arbre qui se casse,
Ou le bourdonnement de l'abeille qui passe.
J'écoute les frissons du feuillage léger,
Le bêlement plaintif des moutons du berger;
Le craquement soudain de la tige qui brise
Son bourgeon délicat, s'élevant vers le ciel,
Et reçoit en passant les rayons du soleil;
Le souffle caressant, les baisers de la brise ;
Cette brise qui traîne un nid abandonné,
Une fleur, un bouton—petit bouquet fané,—
J'écoute le frou-frou que font les hirondelles,
Le cri-cri matinal des folles sauterelles.
J'écoute le tic-tac du moulin gracieux,
Les sourds gémissements du vent mystérieux.

II

De mes lèvres alors une ardente prière
Monte rapidement, traversant l'infini,
Vers le maître éternel des cieux et de la terre,
Le divin créateur, notre père béni.
Car, chacune des voix de la grande nature,
Le chant du rossignol ou du ruisseau l'adieu,
Dans un joyeux concert, dans un commun murmure
Tout redit à mon cœur : *Crois, prie, il est un Dieu !*

LA CASQUETTE ET LE CHAPEAU

LA CASQUETTE ET LE CHAPEAU

(FABLE)

Il n'est pas toujours bon d'avoir un haut emploi.

(LA FONTAINE)

Dans le grand magasin d'un maître chapelier,
Un beau chapeau luisant et de forme coquette
Disait d'un ton hautain à la simple casquette :
« D'abord, pour m'acheter il faut plus d'un denier,
« Puis partout on me cherche, on me vante, on m'admire
« Je suis né pour coiffer la tête des seigneurs,
« Des maîtres, des barons, des plus grands orateurs,
« Enfin de riches gens. » Avec un fin sourire
Il ajoute plus bas : « Toi ton sort est affreux,
« Car, tu n'iras jamais que chez les malheureux. »

La casquette, à ces mots, pour le chapeau soupire,
Mais, timide toujours, n'ose rien lui prédire.
Soudain, un jeune enfant vient dans le magasin,
Le beau chapeau convient à ce petit bambin,
Tout joyeux il le prend, lui fait une caresse,
Mais,.... bientôt il l'écrase.... et l'arrange si bien,
Hélas ! que de sa forme il ne reste plus rien.
Autour de lui jetant un regard de détresse
Il se tord, il gémit — quelle rude leçon ! —
Car, pour le chiffonnier à peine s'il est bon.
La casquette lui dit, cette fois non muette :
« Si tu n'avais été qu'une simple casquette
« Tu ne souffrirais pas, cher pauvre ami, crois-moi :
« Il n'est pas toujours bon d'avoir un haut emploi.. »

A L'ÉCHO

A L'ÉCHO

—

Délaissant mes baisers, de sa cage coquette

Vient de partir, hélas ! ma charmante fauvette.

Echo, vite, dis-moi, n'est-elle plus ici ?

— Si —

Vraiment !.... de quel côté ? je suis à sa recherche.

— Cherche —

Oh ! je l'appelle en vain ! sait elle encore son nom ?

— Non —

Dans les bois, dans les prés que fait cette méchante ?

— Mais.... chante —

Cher écho, par pitié ! viens, viens à mon secours.

— Cours —

Sur le secret abri, sur la verte cachette,
Où sans doute, se tient l'oiseau que je regrette,
Tu ne veux donc rien dire, ô souffle aérien ?

— Rien. —

Eh bien ! pour retrouver ma belle prisonnière,
Je m'en vais parcourir la terre tout entière,
J'irai jusqu'à Paris, à Pékin, à Java.

— Va..... —

.   .   .   .

.   .   .   .

Mais, avant de partir, à genoux je vais faire,
Afin de retrouver ma fauvette si chère,
Une bonne prière au Dieu du paradis.

— Dis.... —

.   .   .   .

.   .   .   .

Ciel ! que viens-je d'entendre?...est-ce un rêve, un mensonge
Ou bien un fol espoir ? Non, ce n'est pas un songe,
De son aile j'entends le ravissant frou-frou.

— Où ? —

Là-bas, près du ruisseau qui coule avec mystère,

Elle vole gaiment toujours vive et légère,

Près de moi, tout-à-coup elle vient.... la voilà.

— Là —

Lasse de liberté, dans sa cage coquette

Vient de rentrer soudain ma charmante fauvette.

Echo, redis partout mon doux alleluia.

— Ah? —

LE MATIN ET LE SOIR

LE MATIN ET LE SOIR (1)

I

Le jour se lève, tout s'éveille,

L'air est pur, le ciel rayonnant,

Dans la nature c'est merveille,

Le soleil se montre éclatant !

Les fleurs s'ouvrent à la lumière,

Leurs parfums, comme la prière

Montent montent toujours aux cieux.

Sur leurs calices gracieux,

Scintillants de fine rosée,

L'active abeille s'est posée.

(1) Ces paroles ont été mises en musique
par Monsieur Descamps pour en former une
romance à vendre au profit d'une pau vre veuve

Près d'un nid le petit oiseau
Adresse à Dieu son chant nouveau
La terre revêt sa parure
Etincelante de verdure,
Du gai matin c'est le retour,
Bien vite, disons-lui « *Bonjour* »

II

La lune se lève et rayonue,
Veillant sur les nids endormis ;
Blanche et pure, elle se couronne
D'étoiles d'or du paradis.
Sur la branche l'oiseau soupire,
Plus de chanson, plus de sourire,
Il se repose tristement.
Quand les fleurs délicatement
Sur leurs tiges se sont penchées,
Leurs vives couleurs sont cachées.
Avec le soir plus d'indiscrets,
Car tous les échos sont muets,

Tout dort, tout se tait sur la terre.

Sur nous un ange tutélaire

A nos chevets veille le soir....

Et, nous lui murmurons : « *Bonsoir*. »

RÉVERIE

RÈVERIE

Près des buissons touffus, hospitaliers berceaux,
Admirant le ciel pur, écoutant les oiseaux,
Regardant tour-à-tour les petits nids de mousse,
Le limpide ruisseau, les tapis d'herbe douce,
Les abeilles, les fleurs, les légers papillons,
Respirant les parfums des champs et des vallons,
Recevant du soleil les matinals sourires,
Puis les soyeux baisers des caressants zéphires,
Pensive.... je chemine, et soudain de mes yeux
S'échappent lentement des pleurs silencieux ;
Car, tout autour de moi dans la belle nature,
Les oiseaux, les doux nids, le ruisseau, la verdure,
Le soleil, les zéphirs, les fleurettes d'un jour,

Tout semble murmurer ce mot charmant.... amour !
Ce mot mystérieux qui toujours nous attire,
Qui semble nous promettre un infini bonheur !
Ce mot qui fait rêver.... qui fait battre le cœur !
Et que moi j'écoutais dans un tendre délire,
Lorsque près d'un ami, pour la première fois,
L'amour vint à mon cœur faire entendre sa voix !
Amour, je me souviens de ta pure étincelle,
A mon ami, toujours, je resterai fidèle.

SALUT A LA FRATERNITÉ

SALUT A LA FRATERNITÉ (1)

DÉDIÉ AUX VICTIMES DE LA TEMPÊTE DU 14 OCTOBRE

Salut au ciel d'azur, à la brise qui passe.

Au papillon coquet qui s'ébat dans l'espace,

Aux bois mystérieux où les petits oiseaux

Ont tressé si gaîment de ravissants berceaux,

O riante nature,

Ton éternel murmure,

Est plein de majesté !

Salut à ta beauté !

(1) Cette poésie a été mise en musique par Monsieur Sergent professeur de musique, chef de la Fanfare Artésienne et de la Société des Orphéonistes d'Arras. (Pas-de-Calais). Le résultat de cette poésie en romance est entièrement consacré aux 90 veuves et, à plus de 200 orphelins de Boulogne et du Portel, par suite de la tempête du 14 Octobre. Les secours sont donnés par les soins des Comités s'occupant de cette œuvre charitable et compatissante.

Mais quoi !...le vent s'élève... et le tonnerre gronde
Ecoutez ces clameurs sur la terre et sur l'onde....
Chacun cherche un asile..... hélas !... nos matelots
Bien loin.... trouvent la mort dans la fureur des flots.

> O changeante nature !
> Ton plus poignant murmure
> Parle à l'humanité ?...
> L'écho dit : charité !

Enfants infortunés ! et vous veuves en larmes !
La France n'a qu'un cri pour tarir vos alarmes.
« Oh ! frères, nous voici nous vous tendons les mains
« Oui nous adopterons les pauvres orphelins !

> Tout change en la nature.
> Seule la créature
> A la fidélité !
> Salut ! salut à sa fraternité !!

DIEU VOUS GARDE!

DIEU VOUS GARDE!

POUR LA FÊTE DE MES CHERS PARENTS

Délaissant vos berceaux, sautillant dans l'espace,
Livres de liberté, petits oiseaux ; de grâce,
Ensemble babillez vos joyeux chants d'amour,
Unissez-vous à moi pour saluer ce jour !

Voici donc *La Saint-Paul*, chers parents, bonne fête!
Oh ! comme avec plaisir *Jeannette* vous souhaite
Un océan de bien, le bonheur, la gaîté,
Surtout le vrai trésor d'une riche santé !

Grandes peines, tourments, soucis, chagrins et larm[es]
Allez fuyez !... fuyez bien loin de mes parents !
Rayonnez douce paix, prodiguez tous vos charmes.
Désirant, chers parents, vous fêter très longtemps,
Eh bien ! que près de nous, *Dieu vous garde cent ans.*

CHUT!...

CHUT !...

POÉSIE DÉDIÉE A MA CHÈRE PETITE NIÈCE LUCIE

Chut !... dans son berceau l'enfant dort,
Chut !... ne mettons aucune trêve
A son doux sommeil..... car il rêve.....
Il rêve dans un gai transport,
Des tendres baisers de sa mère,
Et des caresses de son père,
Du gracieux petit oiseau
Qui dans son nid, sous la charmille,
Pour le bon Dieu toujours babille
Une prière, un chant nouveau.
Mais voyez donc, dans son délire
Il semble vouloir nous sourire,

Ah ! sur son oreiller bien doux
Il rêve de ses beaux joujoux,
De ses bonbons, des belles roses,
Du gazon vert, de mille choses.

Chut !... dans son berceau l'enfant dort...
Chut !... et nous serons bien d'accord.

LE VERBE AIMER

LE VERBE AIMER

Oh ! que *j'aime* à rêver quand la nature entière
Sous les premiers rayons du soleil éclatant
S'éveille, se fleurit, prend un aspect riant.
Quand les rossignolets redisent leur prière,
Voletant dans les bois, dans les champs diaprés.
Quand le ruisseau s'ébat s'enfuyant dans les prés.

Chérubin au front pur, espiègle aux lèvres roses
Tu n'aimes (1) qu'à courir au loin dans les vallons,
Caressant les agneaux, prenant les papillons,
Faisant riche moisson des fleurs à peine écloses,
Les baisers et les ris, les bonbons, les jouets,
Voilà tes seuls pensers, tes enfantins souhaits.

(1) Les règles de la poésie ne permettant pas de dire
Tu aimes, je dois, pour éviter la faute d'un hiatus,
mettre : Tu n'aimes.

Seule, quand vient le soir, la brune jeune fille
Sourit en cheminant..... pourquoi?—c'est un secret
Elle aime, et doucement au feuillage discret,
A la brise qui passe, à l'étoile qui brille,
Elle conte tout bas mille projets joyeux
Qui font battre son cœur et le rendent heureux !

Regardant le ciel bleu — mystérieux poëme ! —
Admirant l'océan rempli de majesté !
Puis contemplant la terre et sa fécondité,
Chrétiens, *Nous aimons* Dieu ! le créateur suprême
Devant qui tout se tait partout, dans l'infini,
Qui restera toujours notre père béni.

Héroïques soldats au cœur plein de vaillance,
Intrépides guerriers, esclaves du devoir !
Le pays tout entier met en vous son espoir !
Nobles martyrs souvent, ô fils de notre France !
Vous aimez la patrie ! et pour elle, sans peur,
Vous partez aux combats défendre son honneur !

Près de ce doux foyer, l'aïeul, la vieille mère,

Ecoutent gazouiller tout un monde d'enfants,

Le passé, l'avenir, l'hiver et le printemps

Se confondent gaîment dans une tendre sphère,

Pour tous leurs anges blonds ces parents font des vœux

Ils aiment la famille et président ses jeux.

Dans cette poésie.

La 1re personne *J'aime* est à la 1re ligne de la 1re strophe.
La 2e personne *Tu n'aimes* à la 2e ligne de la 2e strophe.
La 3e personne *Elle aime* à la 3e ligne de la 3e strophe.
La 1re pers. au pl. *Nous aimons* à la 4e lig. de la 4e trop.
La 2e pers. au pl. *Vous aimez* à la 5e lig. de la 5e strop.
La 3e pers. au pl. *Ils aiment* à la 6e lig. de la 6e strop.

LES DEUX CHEMINS

LES DEUX CHIENS

(Fable.)

———

A MES JEUNES AMIS L. P. et J.

———

Il pleuvait à torrents, humide était la terre,
Médor, tranquillement à l'abri dans son coin
Dormait, rêvait, ronflait, quand soudain un confrère
Tout trempé jusqu'aux os, et venant de bien loin,
L'éveille doucement, puis avec politesse,
Lui demande humblement une place en son nid,
Charitable toujours, le vieux Médor s'empresse
De vite abandonner son lit de foin garni.
La niche pour deux chiens étant par trop petite,
Tandis que, bien à l'aise est le chien voyageur,
Médor, sans murmurer, à côté de son gîte,
Par le vent furieux, la pluie et la froideur,

Sur le pavé s'étend — la pauvre bonne bête ! —
Mais, tout-à-coup au ciel le brillant soleil luit,
Le beau temps reparaît, bien loin l'orage fuit.
Le feuillage est plus vert, les oiseaux sont en fête,
Nos deux chiens sont debout, l'un gaillard, sec,
L'autre, le vieux Médor, l'eau coulant sur le dos.
Eh bien ! pour terminer sa longue promenade,
Le voyageur s'en va le front haut, l'œil hardi,
Sans même regarder Médor son camarade
Si bon, si généreux, sans lui dire : « Merci. »

MORALITÉ.

Enfants écoutez bien :
« A la reconnaissance,
« Fort peu vraiment on pense,
« On fait comme ce chien,
« (Car dame ingratitude
« Est souvent habitude.)
Oh ! ne l'imitez pas,
Ne soyez pas ingrats.

LES PLEURS A TOUT AGE

LES PLEURS A TOUT AGE

PENDANT L'ENFANCE, LA JEUNESSE, L'AGE MUR,
LA VIEILLESSE.

Voyez ce chérubin,
Sur son front pur et rose
Un tout petit chagrin
Hélas ! déjà se pose.
Car, leste, gai, content,
Pour voler au bocage
De sa charmante cage
L'oiseau qu'il aimait tant
Est parti tout-à-l'heure.....
Puis, son lilas chéri
Aujourd'hui s'est flétri.
Et le pauvre enfant..... pleure !

Voyez dans le bosquet,
La brune jeune fille
Toujours seule, en secret,
Va chercher un asile,
Sous l'ombre des ormeaux,
Au milieu des fleurettes,
Ses sœurs les pâquerettes,
Tout près des nids d'oiseaux
Pensive elle demeure.....
C'est que son fiancé,
Son rêve caressé,
Tout s'enfuit..... elle pleure !

Près d'un berceau, veillant,
Oh ! voyez cette mère !...
L'amour de son enfant,
Pour elle sur la terre,
C'était le vrai bonheur !
Maintenant plus de rires,
De baisers, de sourires,
Sur son fils, ô douleur !

La mort... plane... et... l'effleure !...

.   .   .   .

Petit ange du ciel !

Invoque l'Eternel

Pour ta mère qui pleure ! !

Puis, là-bas voyez-vous ?

Dans le grand cimetière

Ce vieillard à genoux

Murmurant sa prière !

Dans ce monde il est seul !

Sur sa tombe il chancelle.....

Sa compagne fidèle

Dort dans ce froid cercueil

Sa dernière demeure !

Elle est là pour toujours !

Et l'attend tous les jours !

Lui..... la regrette !... et pleure ! !

LE PETIT CHEMIN

LE PETIT CHEMIN

TOUT EST FRAIS ET RIANT PRÈS DU PETIT CHEMIN.

Veillant sur un doux nid l'oiseau dès le matin
Gazouille sa chanson, et son bonheur suprême.
Le clair ruisseau bavard sous le feuillage vert,
Dépose en se jouant, sur chaque diadème
Des éclatantes fleurs, sur le bouton ouvert,
Sur l'herbe où vient tomber une feuille flétrie,
Sa perle de rosée, un baiser, un adieu,
Puis en mille zigzags arrose la prairie,
Les gracieux lilas, l'aubépine fleurie

Dès l'aurore s'ouvrant sous le regard de Dieu
Prodiguent leurs parfums sur les champs, dans l'espace
Et sont loin emportés par la brise qui passe.
Par leurs pasteurs guidés cheminent les agneaux,
Sur le gazon mousseux ils paraissent plus beaux.
Le ciel est pur et bleu sans de sombres nuages,
Partout il est brillant, sans ombres, sans orages,
Le beau soleil se lève et sa pure clarté
Répand dans tout l'azur un flot de majesté.
Il apporte ici-bas le bonheur, l'espérance,
Aux laboureurs sourit et promet l'abondance.
Là-bas... d'un gai village apparaît à nos yeux
Le rustique clocher près de blanches chaumières.
De la cloche écoutez les tintements joyeux.....
L'écho redit au loin ses sons pleins de mystères,
Qui passent sur nos cœurs comme un souffle divin.
Tout est frais et riant près du petit chemin.

VINGT ANS

VINGT ANS

O mon Dieu ! que de fois lorsque j'étais petite,
Ai-je redit tout-bas, en comptant mes printemps.
Jours et mois, passez donc.... écoulez-vous bien vite
Afin que je grandisse..... afin d'avoir vingt ans !

. . . .
. . . .

Le temps s'est envolé..... je ne suis plus petite,
Et maintenant je dis en comptant mes printemps :
Jours et mois durez donc.... écoulez-vous moins vite
Car, aujourd'hui, vraiment, moi j'ai déjà vingt ans!

Le 7 juillet 1879.

LE LIVRE DE GRAND'MÈRE

LE LIVRE DE GRAND-MERE

—

Ah ! quand j'étais petite enfant,
Heureuse, je jouais souvent
Sur le tabouret de grand-mère,
Au bébé..... même au militaire.

Assise dans son grand fauteuil,
Passant là des heures entières,
Grand-mère avec un noble orgueil
Lisait son livre de prières.

Qu'il était beau son livre noir !
Hélas ! je pouvais bien le voir,
Mais le toucher ?... non... la défense
Me menaçait de pénitence.

Dans son cher livre à grands fermoirs,
Comme j'aurais bien voulu lire
Une prière tous les soirs,
Comme elle avec un bon sourire.

Mais non !... quand je le demandais,
Grand-mère disait « Ma gentille,
« C'est un souvenir de famille
« Que je ne donnerai jamais ! »

. . . .
. . . .

Un jour..... je viens près de grand-mère,
Je tends mon front..... point de baiser.
Ciel !..... je regarde... et... vois à terre
Son livre... et, ne puis m'amuser !...

Je lui dis « C'est moi... ta fillette,
« Bonjour Grand-mère, oh ! réponds-moi !
« Embrasse-moi !... réveille-toi !..
« Pourquoi toujours rester muette ? »

« Tu me boudes... que t'ai-je fait ?

« Dis-moi ? car je suis repentante

« D'avoir été souvent méchante

« En arrachant mon alphabet.

« Ouvre les yeux je t'en supplie !

« Oh ! réponds comme tous les jours

« A mes baisers, à mes bonjours,

« Ne suis-je donc plus ta chérie ?

« Mère ! Mère !... tu me fais peur !... »

Bien vite bat mon petit cœur !

Là... le livre noir se repose,

Je puis le toucher..... mais... je n'ose.

  .   .   .   .

L'on vint dire..... « Grand-mère dort.

« Chère enfant, tais-toi, chut... silence ! »

Je le croyais, douce ignorance,

Je ne connaissais pas la mort ! !

Alors..... je m'en souviens encore !
Doucement, je lui pris la main,
Tout bas je murmurais « dors bien...
« A demain, Mère que j'adore ! »

Puis je partis docilement,
Emportant avec moi gaîment,
Bébé, berceau, rubans, dentelles,
Jouets, chiffons, des bagatelles.

Oh ! j'ignorais que pour les cieux,
Sans moi ! grand-mère était partie !
Que fermés étaient ses doux yeux
Pour toutes choses de la vie !

Plus tard..... c'était par un beau soir,
L'on me donna le livre noir,
L'humble héritage de grand-mère
Pour qui je fais une prière !

LE RETOUR DU LABOUREUR

LE RETOUR DU LABOUREUR

Voyez près du sentier où tout est harmonie,
Le laboureur qui vient quand sa tâche est finie
Se reposer heureux auprès de ses enfants ;
Pour ce père adoré c'est l'heure de tendresse,
L'un lui donne un baiser et l'autre une caresse,
De ce nid on n'entend que doux rires et chants,
Le dernier soutenu par la main de sa mère
Lui tend ses petits bras !.. il babille un nom : Père!
Pour l'actif travailleur un sourire toujours
Est l'accueil quotidien de sa chère compagne.

Mais quoi ?... déjà la brume obscurcit la campagne,
Voile mystérieux cachant les alentours,
Là-bas du rouge toit de la chaumière aimée,
S'échappe en tourbillons une blanche fumée.
La cloche retentit, c'est l'instant du retour,
Alors, du laboureur c'est la troupe enfantine
Qui près de lui se groupe avec un tendre amour,
Vers son aimé foyer en paix il s'achemine,
Et ses yeux se levant vers la voûte des cieux,
Semblent dire: « Merci mon Dieu, je suis heureux ! »

AVRIL

AVRIL

Joyeusement toujours rossignols et fauvettes
En chantant bâtissez vos gracieux berceaux ;
Apparais gai soleil... babillez clairs ruisseaux.
Naissez petites fleurs, éclosez paquerettes,
Nature éveille-toi !... le gazon reverdit,
Embaumez-vous zéphirs, car avril vous sourit.

AH! SI J'ÉTAIS DAME FAUVETTE

AH! SI J'ÉTAIS DAME FAUVETTE

Ah ! si j'étais dame fauvette,
Dans les bois ombreux, dans les près,
Les vallons, les champs diaprés,
Je volerais vive et follette.

Ah ! si j'étais dame fauvette,
Le ruisseau serait mon miroir,
Le buisson fleuri mon manoir,
Un nid de mousse ma couchette.

Ah ! si j'étais dame fauvette,
Avant de saluer le jour,
Au Dieu que j'aime avec amour,
J'égrenerais ma chansonnette.

Ah ! si j'étais dame fauvette,
Aux pavots, aux charmants boutons,
Aux frais bluets, aux liserons,
Gaîment j'irais conter fleurette.

Ah ! si j'étais dame fauvette,
Sans rubans, sans perles ni jeais,
L'hiver comme l'été, j'aurais
Une chaude et belle toilette.

Ah ! si j'étais dame fauvette,
Mon plumage serait soyeux.
Tendres, petits, seraient mes yeux,
Je serais toute mignonnette.

Ah ! si j'étais dame fauvette,
Dans les cerises du voisin,
Toute joyeuse le matin
J'irais becqueter en cachette.

Ah ! si j'étais dame fauvette,
Par mon vol rapide et sans peur
Je ferais courir l'oiseleur,
Puis sauter, bondir la minette.

Ah ! si j'étais dame fauvette,
Mon babil tout plein de gaîté
Fêtant l'amour, la liberté,
Charmerait le jeune poëte.

Ah ! si j'étais dame fauvette,
Mes désirs seraient satisfaits,
Mon plaisir, mon bonheur parfaits,
Mon ivresse serait complète.

.   .   .   .

Je ne suis pas dame fauvette.

LE PASSÉ LE PRÉSENT L'AVENIR

LE PASSE, LE PRESENT, L'AVENIR

SONNET.

———

Revoyant mon passé, je soupire et souris,
Qu'il a donc été court le temps de mon enfance !
Tout parsemé de fleurs, de caresses, de ris,
De charme, de gaîté, de douce insouciance.

Songeant à mon présent, je tremble... je pâlis !
Ah! pour mon pauvre cœur il n'est plus d'espérance!
Plus de rêves, de chants, pour moi le ciel est gris,

Le bonheur sans rayons, sans but est l'existence !
Pensant à mon destin, de l'avenir j'ai peur...
Car, tout, autour de moi, rappelle ma douleur !...
Et de mon âme, hélas ! part une plainte amère.

Mais, tendrement, la voix de mon ange gardien

Me dit « Pleure en silence, enfant, écoute-bien :

« Pour mériter les cieux il faut souffrir sur terre. »

VOICI LE PRINTEMPS

VOICI LE PRINTEMPS

Sans cesse gazouillants, légers petits oiseaux,
Un nid bâtissez-vous sur la branche fleurie.
Grandissez frais gazon, murmurez doux ruisseaux,
Eveille-toi, soleil viens dorer la prairie,
Naissez charmantes fleurs dans les bois, dans les champs,
Embaumant l'infini, car voici le printemps.

LARMES ET SOURIRES

LARMES ET SOURIRES!

PETIT POÈME.

I

La mort frappant toujours autour de nous moissonne
Au milieu des plaisirs... au milieu du bonheur...
Un enfant vient de naître, ange plein de douceur,
Son père le contemple et sa mère lui donne
Caresses, ris, baisers, regards remplis d'amour !

. . . .

Ah ! tout passe ici-bas ! tout ne dure qu'un jour !...

II

Un soir furent conduits au vaste cimetière
Pour ne plus revenir ! et le père ! et la mère !
De cet ange adoré désormais orphelin ! !
Que va-t-il devenir ? le deuil seul l'environne !
Mais, il lui reste Dieu dont la divine main
Se montre bien souvent dans le ciel qui rayonne.
Puis, une tendre aïeule auprès de son berceau
Sur la terre sera comme un soutien nouveau !

III

C'est l'heure du réveil... le blond chérubin quitte
Son petit oreiller, sa couchette bien vite,
Léger il vole, il court, puis d'un air radieux
Au cou de sa grand-mère il se suspend joyeux ;
Pendant un long moment sur le front pur et rose,
De la lèvre ridée un gros baiser se pose.
Cher enfant ! qu'a-t-il donc ?... quel regard étonné?

Mais, écoutez sa voix, elle dit « Mère ?... père ?...
Hélas ! il ne sait pas le jeune infortuné
Qu'il ne les verra plus ! qu'ils ont quitté la terre !

. . . .

IV

Le voyez-vous là-bas ?... car, déjà le petit
Oubliant son appel, oubliant sa tristesse,
Aux fleurs, à ses jouets, avec bonheur adresse
En sautant un « bonjour...» et l'écho nous redit
Ses chants — cris enfantins — ses frais éclats de rire

. . . .

Plus loin... dans son fauteuil... la grand-maman soupire !

. . . .

L'orphelin ne voit pas les pleurs silencieux,
Qui s'échappent tremblants, lentement de ces yeux !
Quand, en la regardant sans comprendre, il babille
Les noms des deux absents qui formaient sa famille !

V

Oh ! de l'aïeule, hélas ! les larmes bien souvent,
Aux sourires charmants de ce faible innocent,
Se confondent formant un triste et doux mélange.
Mon Dieu ! sèche ces pleurs et guide ce bel ange !

LE BOUQUET

LE BOUQUET

Voici le ravissant bouquet
Que j'ai cueilli dans le bosquet
A mes amis, je le présente,
En disant d'une voix tremblante.

« Daignez agréer ces trois fleurs
Différentes dans leurs couleurs.
J'ai d'abord, une belle rose
Pour la jeune fille qui pose
Comme une reine à l'air hautain,
Nous éloignant par son dédain.

Puis, une fleur toute mignonne

Pour laquelle on se passionne,

C'est le myosotis charmant,

Cette simple fleur de l'amant

A l'affection éternelle.

Je l'offre au cœur vraiment fidèle

Dont les doux serments sont toujours

Pour ses seuls et premiers amours !

Puis je place la violette,

Qui sous sa modeste toilette,

Se cache sous le vert gazon

D'une prairie ou d'un buisson,

Et le parfum de sa corolle

Vers les cieux bien vite s'envole ;

Je la réserve pour l'enfant

Au bon petit cœur innocent,

Ah ! comme l'encens, sa prière

Prend son essor vers Dieu son père. »

Veuillez accepter mon bouquet
Que j'ai cueilli dans le bosquet.

LA MER ET LE CIEL

LA MER ET LE CIEL

—

Autour de nous plus rien.... là-bas, plus rien encore
A nos pieds c'est la mer, puis là haut c'est le ciel.
La mer avec ses flots qui n'ont pas de sommeil
Qui se brisent toujours, que le beau soleil dore
De ses rayons brillants se mirant dans son sein.
Qu'elle est belle la mer ! ainsi Dieu l'a créée !

Mais un cri retentit ici, dans le lointain.....
« Prenez garde ! » — pourquoi ? — sous sa vague azurée
Un abime sans fond se cache à nos regards,
Où, parmi les écueils la mort guette sa proie !
Qu'importe à sa fureur, les enfants, les vieillards ;
Son baiser glacial se repose avec joie
Sur les cheveux blanchis par l'âge, par le temps,
Sur les cheveux bouclés des petits innocents !...

Mais là-haut c'est le ciel ! le ciel c'est l'espérance !
C'est notre but, c'est Dieu qui pour nos cœurs sourit
Et, pardonnant toujours, tendrement nous bénit.
Un nuage léger se glisse, se balance
Sur le bleu firmament qui défend à nos yeux
De voir, de contempler la porte d'or des cieux.

Ah ! si jamais un jour, la mer qui se cadence,
Ouvre son flot cruel pour nous donner la mort !
Après la mort le ciel notre céleste port
Pour tous les vrais chrétiens sera la récompense.
Demeurons prosternés, nous, pauvre humanité !
Devant le ciel ! la mer ! car c'est l'immensité !

LE CHIEN ET LE CHAT

LE CHIEN ET LE CHAT

(FABLE)

La raison du plus fort est toujours la meilleure.
(LA FONTAINE).

Un chien dormait en paix, un chat se promenait.
Tout-à-coup maître chat découvre une cachette
Où des os s'étalaient auprès d'une serviette.
Le chien en s'éveillant voit le chat qui mangeait,
Il bondit jusqu'à lui levant bien haut la tête.
Lui dit : « coquin, méchant, hier tu m'as griffé. »
Le chat répond tout bas : « je ne t'ai pas touché.»
Le chien sans l'écouter donne à la pauvre bête
Des coups de dents si forts, que notre chat vaincu
Souffrant sur le chemin demeurait étendu.
Le chien, alors mangea pendant an moins une heure
« La raison du plus fort est toujours la meilleure. »

LE CHOIX

LE CHOIX

Allons, mon fils, il faut aimer
Une fillette, de ton âge.
Regarde bien dans le village,
Choisis, je veux te marier.

Dis-moi, mon fils, veux-tu LUCETTE
Riche, aimable, et si gentillette ?
— Non, mon père, je n'en veux pas.
— Décide-toi, veux-tu FANCHETTE
Grande et forte, belle brunette ?
— Mon père, je dis non, tout bas.
— Dis-moi donc, voudrais-tu JEANNETTE
Qui chante comme une fauvette ?
— Oh non, mon père, elle aime ailleurs.
— Décide donc veux-tu ROSETTE

Bonne fille, mais fort coquette ?

— Non, je dédaigne ses faveurs.

— Enfin, dis-moi, veux-tu PIERRETTE

Laborieuse et joliette ?

— Mon cœur ne bât point néanmoins.

— Décide enfin, prends donc ANNETTE

L'or abonde dans sa cassette ?

— Ah ! d'elle je veux encor moins.

— Voudrais-tu donc de MARIETTE

Orpheline toujours seulette ?

— Oui, mon bon père, car mon cœur

Aime cette douce fillette

Plus modeste que violette.

PLUS CHARMANTE QUE CETTE FLEUR

PLUS CHARMANTE QUE CETTE FLEUR

Accourez tous, gens du village,
A l'église venez prier,
Dieu va bénir un doux ménage,
Car mon fils va se marier.

MINUIT

MINUIT

Minuit, c'est l'heure du sommeil,
Du repos et des joyeux songes,
L'heure de l'oubli, des mensonges,
Minuit, c'est l'heure où brille au ciel
Diane réflétant dans l'ombre,
L'heure de la mort triste et sombre.
Minuit, c'est l'heure sans doux chants?
Tout se tait, plus rien ne murmure,
C'est l'heure où pleure la nature.
Minuit, c'est l'heure, chers enfants
Où dans votre simple chambrette
Vous dormez, vous rêvez heureux.
Où sur vous un ange des cieux
Veille près de votre couchette.

TIC-TAC

TIC-TAC

Enfant, j'étais bien malheureuse
Quand je voyais venir le soir,
Autour de moi tout était noir
Et m'effrayait, j'étais peureuse !
Ah ! que de fois au moindre bruit,
Sans sommeil j'ai passé la nuit,
Les pleurs aux yeux, l'âme inquiète,
Triste paraissait ma chambrette,
Alors, mon pauvre petit cœur
Faisait tic-tac dans sa frayeur.

Jeune fille j'étais heureuse
Avec des fleurs, des beaux atours,
A la danse j'allais toujours
Sans souci, folâtre et rieuse,
Un soir, Jules, comme au hasard,
Sur moi fixa son doux regard !...

Vraiment, je m'en souviens encore,

Ses yeux me disaient « je t'adore ! »

Alors, alors mon petit cœur

Faisait tic-tac avec douceur !

Quand je fus mère, plus de danse.

J'écoute de mes chérubins

Les cris, les rires enfantins,

Pour eux j'appelais l'espérance !

L'un me donnait un bon baiser,

L'autre grimpait pour se poser

Sur mes genoux, gazouillant « mère,

« Pour papa disons la prière ! »

Alors, joyeusement mon cœur

Faisait tic-tac dans son bonheur !

Mais, le temps a fui..... la vieillesse

Vient faire place aux souvenirs.....

A la souffrance, à mes soupirs,

Je suis bien loin de ma jeunesse,

Pauvre ridée aux blancs cheveux,

Bientôt se fermeront mes yeux.

L'heure approche où de cette terre
Pour toujours partira grand-mère.
En attendant, mon pauvre cœur
Fait tic-tac en priant le Seigneur !

PITIÉ ET CHARITÉ

PITIÉ ET CHARITÉ!

POUR LES INONDÉS DE TOULOUSE !

—

A nos frères donnons !
En juillet 1875.

———

Hier, dans ce pays fertile,
Dans cette gracieuse ville,
Partout régnaient paix et bonheur !
Mais, tout-à-coup avec fureur,
Le flot de la grande rivière
Monte et tout brise dans ses bras !...
Rien ne peut arrêter ses pas !...
Il est sourd à toute prière !
Aux inondés sert de cercueil,
Aujourd'hui la ville en ruines !

Les moissons vaste champ de deuil
Sont envahis par les bruines,
Le désespoir, la pauvreté !...

Donnons, donnons à notre frère !
Soulageons ses maux, sa misère,
Chers amis pitié ! charité !
Aux inondés rendons l'espérance !
Car ils sont tous fils de notre France !

SANS ASILE

SANS ASILE !

Pauvres petits oiseaux*!* c'est l'hiver !
Pauvres petits il fait froid.

La neige en gros flocons
A couvert les maisons,
Et son manteau d'hermine
A blanchi la colline.

Quoi ! plus d'oiseaux heureux !
Plus de refrains joyeux,
De doux nids de verdure
Eveillant la nature !

Pour les petits oiseaux,
La neige qui s'empile
Forme de froids tombeaux,
Car ils sont sans asile !

Ah ! comme eux l'indigent,
Lorsque la neige tombe,
Sans asile et mourant
Chemine vers la tombe !

Soulageons le malheur
En semant l'espérance !
Donnons avec bonheur
Pour calmer sa souffrance !

Donnons à l'indigent, du pain !
Donnons pour les oiseaux, du grain.

LE CHIFFONNIER ET LE MENDIANT

LE CHIFFONNIER ET LE MENDIANT

(FABLE)

> Jura, mais un peu tard qu'on ne l'y prendrait plus.
> (LA FONTAINE)

Monsieur le chiffonnier et monsieur le mendiant
Etaient tous deux assis sur l'herbe bien fleurie.
Très bons amis toujours, mais hélas ! cependant,
Le premier possédait une pipe jolie,
Et dedans..... du tabac ! le second n'avait rien !
Le chiffonnier lui dit « Ami, point de partage. »
Le mendiant soupira, puis s'écria soudain
« Que tu sois chiffonnier, c'est vraiment bien dommage
« Car d'un roi n'as-tu pas l'aspect majestueux,
« La tournure, la voix, le maintien et la grâce. »

A ce discours flatteur le chiffonnier heureux,
Pour se faire bien voir se lève de sa place,
Hélas ! il oublia dans son contentement,
Sa pipe, son tabac ! alors l'autre gaîment
Prenant le bien d'autrui dit à son camarade,
«Mon cher,tout flatteur vit aux dépens de l'orgueil»
Puis joyeux, bondissant plus vite qu'un chevreuil,
Avec pipe et tabac, promptement il s'évade.

———

LE JOUR DE LA SAINT PAUL!

E

LE JOUR DE LA SAINT PAUL

A MES CHERS PARENTS POUR LE JOUR DE LEUR FÊTE

Pour saluer gaîment ce joyeux jour de fête,
Rossignols et pinsons, merles, dame fauvette,
Gazouillez, gazouillez, et que dans l'infini
Résonnent vos doux chants en un concert béni.
Pour garnir mes bouquets, rose fraîche et coquette,
Mignons bluets, pavots, faites riche toilette,
Feuillage verdissez, grimpez beaux liserons.
Eclosez vivement jolis petits boutons.
Que mon cœur est heureux! que ma joie est complète
De vous redire encor « chers parents je souhaite
Que toujours Dieu vous donne une bonne santé,
Qu'il prodigue sur vous le bonheur, la gaîté,
Que les chagrins, les pleurs loin de vous il arrête,

Que la sereine paix sur vous deux se reflète,
Que toujours ici-bas vous soyez réunis.
Que la terre pour vous soit un vrai paradis.
Puis, s'il écoute bien tous les vœux de Jeannette,
Le jour de la Saint-Paul, ce jour de grande fête
Reviendra parmi nous pendant bien bien longtemps,
Remettre des baisers sur le front que je tends !

A BIENTOT!

A BIENTOT !

A bientôt..... voilà mon adieu.
J'espère ! car sans espérance
Triste et longue paraît l'absence !

A bientôt..... voilà le doux vœu
Qui calme mon impatience,
Et qui me rend la confiance.

UNE IMAGE DU BONHEUR

UNE IMAGE DU BONHEUR

Le bonheur est pareil à la blanche fumée
Glissant dans l'infini, légère et parfumée.
Nous voulons la saisir... nous fermons notre main..
Elle s'évanouit !... et nous ne tenons rien !
Le bonheur est pareil à la blanche fumée !

LE SOIR

LE SOIR

Quoi ! déjà la brune
Obscurcit le ciel,
Et bientôt la lune
Chassant le soleil,
Paraît lumineuse,
Belle voyageuse,
Ses pâles rayons
Dorent les vallons
Champs, verte prairie,
Colline fleurie,
Gai sentier, côteaux,
Villages, hameaux,
Festons de feuillage,
Riant paysage,
Tout, hélas ! soudain

Se cache... plus rien.
Car sous la verdure
Du petit ruisseau,
On ne voit plus l'eau
Si claire, si pure,
Le vent est muet,
La feuille frissonne,
Et l'oiseau se tait,
Puis la fleur mignonne
Se ferme et s'endort
Rêvant à son sort.
La nature entière
Semble ici mourir !
Silence et mystère,
Sommeil et soupir,
Plaintive prière
Bercent doucement,
Endorment gaîment
Les nids de la terre.

CONTRASTE

CONTRASTE !

I

Le ciel sous sa voûte azurée
Est plein de charmes, de gaîté
La nature s'éveille dorée
Sous un océan de clarté.

Perçant un vaporeux nuage,
Le soleil brille chaudement ;
En caressant le vert feuillage
Le vent chuchote follement.

Quittant leurs berceaux pour l'espace,
Merles, sansonnets et pinsons,
Volent gentiment, avec grâce,
Tout en prodiguant leurs chansons.

Dans la prairie ensoleillée,
La fauvette sous la feuillée,

Cachant ses petits à nos yeux
Ne quitte pas son nid mousseux.

Aux frais boutons fermés encor,
Aux œillets, aux roses coquettes,
Le papillon à l'aile d'or
Va tour-à-tour conter fleurette.

Sous sa cachette de verdure,
Frôlant liserons et roseaux,
Le ruisseau s'agite et murmure,
Egayant les prés, les côteaux.

Dans la nature toute entière
On voit rayonner le bonheur !
La paix sur elle, avec mystère,

Etend son voile de douceur.
Tout rit, tout promet l'abondance !
En chœur dans un concert joyeux
Tout paraît nous dire Espérance !
Vivez, chantez, soyez heureux !

.   .   .   .

II

Mais hélas ! dans une chaumière
— Quel contraste frappant ! Sans pain
Devant la moisson qui prospère
Deux enfants se meurent de faim !

Ah ! pendant que de la nature .
Tous les bienfaits semblent éclos,
Toujours de la pauvre masure
S'échappent des cris, des sanglots ! !

O contraste !..... là..... c'est la vie !
C'est la richesse, la gaité,
A sourire, tout nous convie,
Partout c'est la félicité.

Ici..... c'est la mort !... la misère !
C'est la tristesse..... la douleur !
Ici, c'est dans toute leur sphère
Et l'abandon, et le malheur !

Ecoutez cette plainte amère,

Écoutez ces deux voix d'enfants...
Elles gémissent : Père ! Mère !

. . . .

Nul ne répond à leurs accents ! !
Tout reste sourd à leur prière !
Rien ne vient calmer leurs chagrins !
Sans soutien ils sont sur la terre !
Ces deux enfants sont orphelins ! !

III

Pour faire ici-bas disparaître
Ce contraste !... et la pauvreté
De ces enfants, leur mort peut-être !...
Faisons vite la charité !

CONSEILS A MES PETITS AMIS

CONSEILS A MES PETITS AMIS

Riches enfants de cette terre
Songez au pauvre votre frère !

Donnez, donnez aux malheureux,
Et le bon Dieu maître des cieux
Au vrai chrétien, à l'âme bonne
Prépare une blanche couronne.
Ah ! vous aurez, je vous le dis
Tout le bonheur du paradis !
Si vous savez faire l'aumône.

Un petit sou c'est un trésor,
Aux indigents quand on le donne;
Quelquefois il les sauve encor
De la mort ou de la misère !

Alors, si vous dites « espère !
« Je te secours ne pleure pas ! »

.   .   .   .

Le bonheur sera sous vos pas.

Riches enfants de cette terre
Songez au pauvre votre frère !

TRISTES PENSÉES

TRISTES PENSÉES

—

A MES ROSES.

—

Charmantes fleurs, ô belles roses
Qui vous effeuillez tour-à-tour,
Mes doux projets, mes rêves roses,
Comme vous n'ont duré qu'un jour !

—

A L'ÉCLAIR.

—

Comme l'éclair brillant qui sillonne l'espace,
Et tout-à-coup s'efface,
Pour nous le vrai bonheur, un seul instant a lui,
Puis soudain s'est enfui !

L'OISEAU

L'OISEAU

Envole-toi petit, adieu !
Un doux baiser encor, puis Dieu
Guidera ton aile cendrée,
Ecartera de toi la mort !

Nid parfumé, route dorée,
Ebats sans fin, voilà ton sort !

JUILLET

JUILLET

Joyeux rossignolets sous les coquets buissons
Unissez-vous en chœur, modulez vos chansons.
Luis soleil radieux, rends les moissons soyeuses.
Embaumez les sentiers brises mystérieuses.
Soupirez frais ruisseaux, voltigez papillons.

Entr'ouvrez-vous gaîment boutons d'or, pâquerettes,
Tapissez, fleurissez les verdoyants vallons.
Jasez petits grillons délaissant vos cachettes.
Enlacez-vous, grimpez gracieux liserons.
Agneaux bêlez, trottez, dame abeille bourdonne.
Nature apparaîs-nous dans ta riche splendeur,
Ne vois-tu pas là-bas, juillet sourit, rayonne,
Enivrant l'infini d'amour et de bonheur !

L ALPHABET

L'ALPHABET

CONSEILS A MES JEUNES AMIS.

—

Aimez bien vos parents et souhaitez pour eux
Bonheur, prospérités, tous leurs jours très heureux.
Croyez toujours en Dieu le soutien de nos âmes,
Devant qui tout s'abaisse avec docilité
Entr'aidez-vous, enfants, faites la charité !
Fidèles au devoir écoutez ses dictames.
Grandissez, devenez des hommes, des soldats
Hardis, vaillants, tout prêts à marcher aux combats.
Incrustez dans vos cœurs ce mot divin, patrie !
Jetez loin de vos yeux ces livres dangereux
Kirielle de mots insensés, pernicieux,
Loyaux restez toujours, fuyez la tromperie.
Méprisez le mensonge, aimez la vérité !
Noblement ici-bas marchez la tête haute.
Occupez vos instants, craignez l'oisiveté.
Pardonnez au prochain n'importe quelle faute !

Que votre jeune esprit, pour tout, bientôt s'ouvrant
Reconnaisse le beau, le vrai, le bien, le grand !
Soyez sourds à la voix de la vile paresse,
Travaillez, travaillez..... après votre labeur
Un bonheur infini remplira votre cœur !
Victorieux du mal vous aurez la sagesse,
Warandeurs ou barons, maîtres et apprentis,
Xylographe, écrivain; qu'importe où Dieu vous place.
Yeux bien francs regardez votre devoir en face !
Zélés soyez toujours pour servir le pays !!

LE BÉBÉ DE LUCETTE

LE BÉBÉ DE LUCETTE

DÉDIÉ A MA CHÈRE PETITE NIÈCE LUCIE RODEN

Parmi tous ses bouquets de fête,
Ah ! quel beau bébé se trouvait.
Présent précieux pour Lucette,
Ami docile, doux jouet.

Mais, sous les rubans, la dentelle,
Avec soin tirez la ficelle.....
Merveille !..... il n'est donc pas muet !
Aussi bien que nous il appelle,
Nettement, devinez qui ?..... c'est.....
        (Papa, Maman.)

·MON CHAT·

MON CHAT

CHARADES EN VERS

I

Un rose et gros bébé s'amusait une fois
A tremper tour-à-tour et sa langue et ses doigts
Et... l'horreur !... *mon premier* dans la grande soupière
Où fumait *mon second*, en vain sa bonne mère
Lui disait doucement « finissez donc enfant. »
Le bébé souriait toujours continuant.
Lasse enfin tout-à-coup, la maman en colère
Saisissant *mon entier* corrige le marmot,
Qui se frottant le dos finit presqu'aussitôt.

II

Mon premièr bien petit passe de main en main,
Pour les pauvres surtout il est fort nécessaire ;
Parlez de *mon second* à votre cuisinière,
Car elle connait bien ce blanc, savoureux grain
Qui se tord, puis grossit, cuit dans la casserole.
Mon tout est animal ne faisant aucun bruit,
Pour trouver son repas voyage jour et nuit,
Souvent sans se gêner nos provisions nous vole.

III

Quand plein de crasse est *mon deuxième*,
Ah ! vraiment il est *mon premier*.
L'or très ami de *mon troisième*,
Manque souvent à *mon entier*.

———

IV

> *Mon premier* est un long bâton
> Nécessaire dans la marine.
> *Mon second* aliment très bon
> Se prépare dans la cuisine.
> *Mon tout !* c'est un être vivant,
> Il est parfois gentil aimable,
> Mais hélas ! aussi, trop souvent
> Il est d'humeur insupportable.

V

Équipage de roi, voilà bien *mon premier*
Peut-être, croirez-vous que l'on fait *mon dernier*,
Quand on vous dit : Lecteur vous êtes *mon entier*.

VI

Petit animal est *mon premier*.
Aliment est toujours *mon deuxième*.
Chaude boisson devient *mon troisième*
Adorable vertu *mon entier*.

VII

Mon premier est très haut, puis comme la montagne
Son front majestueux domine la campagne.
Mon second, en naissant nous le possédons tous,
Ah ! vivre sans *mon tout* n'est pas un métier doux,
Quand nous ne l'avons pas nous souffrons la misère
Comme des malheureux nous vivons sur la terre.

VIII

A *mon premier* sans crainte unissez *mon deuxième*
Ainsi vous trouverez une douce liqueur,
Toujours quand vous souffrez vous avez *mon troisième*
Quand à mon tout, ma foi, ce n'est pas vous lecteur.

IX

Deux fois bien doucement répétez *mon premier*,
Et vous aurez un nom que toute jeune mère
Fait gaîment bégayer, même avant sa prière,
A l'enfant qui sourit en buvant *mon dernier*.
Mon tout est riche et grand ; moderne, ou bien antique
Il est de toute part, en Europe, en Afrique.
Comme propriété, très peu de nous l'avons.
Pourtant dans notre corps, tous nous le possédons.

EXPLICATIONS DES CHARADES

N° I. . . . . Balai   Bas-lait.
N° II. . . . . Souris   Souriz.
N° III. . . . . Saltimbanque   Sale-teint-banque
N° IV. . . . . Mari   Mat-riz.
N° V. . . . . Charmant   Char-ment au verbe.
N° VI . . . . Charité   Chat-riz-thé.
N° VII . . . . Monnaie   Mont-nez.
N° VIII. . . . Animal   Anis-mal.
N° IX . . . . Palais   Pa-pa-lait.

TABLE

Arras. --- Imp. Sueur-Charruey.

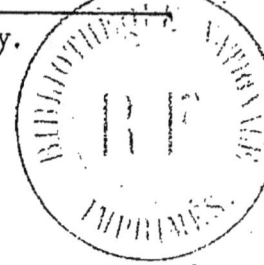

www.ingramcontent.com/pod-product-compliance
Lightning Source LLC
Chambersburg PA
CBHW061440030726
47503CB00005B/1498